Le rap Poké

Je sais que je peux être le meilleur sur Terre
Tous les autres dresseurs peuvent faire leur prière
Je les attraperai, oui, oui, je le ferai!
Pokémon, je suivrai le chemin
Tout mon pouvoir
Est entre mes mains
Grâce à tous mes efforts
Il me faut tous, tous, tous, les attraper
Il me faut tous, tous, tous, les attraper
J'en aurai plus de 150 à reconnaître
Et de tous ces Pokémon je deviendrai le maître
Je veux vraiment tous les attraper
Attraper tous les Pokémon
Je veux vraiment tous les attraper
Attraper tous les Pokémon
Je veux vraiment tous les attraper
Attraper tous les Pokémon

Peux-tu nommer les 150 Pokémon?

**Voici les trente-deux suivants.
Consulte le livre n° 9
Aventures dans l'archipel Orange
pour la suite du rap Poké.**

Articuno, Jynx, Nidorina, Beedrill,
Haunter, Squirtle, Chansey,
Parasect, Exeggcute, Muk, Dewgong,
Pidgeotto, Lapras, Vulpix, Rhydon.

Charizard, Machamp, Pinsir, ⸢⸣
Dugtrio, Goldbat, Staryu, M⸢
Ninetales, Ekans, Omast⸢
Scyter, Tentacool, Dragonair, ⸢

D1089651

Paroles et musique de la chanson origina⸢
Tamara Loeffler et John Siegler
© Tous droits réservés, 1999 Pikachu Music (BMI)
Droits internationaux de Pikachu Music administrés par Cherry River Music Co. (BMI)
Tous droits réservés. Utilisés avec permission.

Il y a d'autres livres sur les Pokémon.

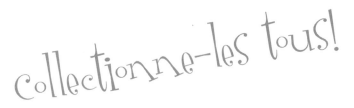

Et bientôt...

*Trois aventures enlevantes
sur l'archipel Orange*

Pokémon

L'escouade Squirtle s'en mêle

Adaptation : Tracey West
Adaptation française : Le Groupe Syntagme inc.

Les éditions Scholastic

Il est interdit de reproduire, d'enregistrer ou de diffuser, en tout ou en partie, le présent ouvrage par quelque procédé que ce soit, électronique, mécanique, photographique, sonore, magnétique ou autre, sans avoir obtenu au préalable l'autorisation écrite de l'éditeur.

Pour toute information concernant les droits, s'adresser à Scholastic Inc., 557 Broadway, New York, NY 10012

© 1995-2001 Nintendo, CREATURES, GAME FREAK.
TM & ® sont des marques de commerce de Nintendo.
TM & ® are trademarks of Nintendo.
Copyright © 2001 Nintendo.
Copyright © Éditions Scholastic, 2001, pour le texte français.
Tous droits réservés.

ISBN-10 0-439-98640-0
ISBN-13 978-0-439-98640-3

Titre original : Pokémon — Return of the Squirtle Squad.

Édition publiée par les Éditions Scholastic, 604, rue King Ouest, Toronto (Ontario) Canada M5V 1E1

6 5 4 3 2   Imprimé au Canada   09 10 11 12 13

Le monde des Pokémon

plateau Indigo

ville de Pewter

mont Moon

ville de Celadon

ville de Cerulean

chalet près de la mer

ville de Saffron

ville de Viridian

village de Pallet

ile de Cinnabar

îles Seafoam

ville de Fuchsia

ville de Vermilion

village de Lavender

Squirtle frappe encore!

« Chercher des Pokémon sauvages n'est certainement pas de tout repos », s'exclame Ash Ketchum en déposant son sac à dos. Il se laisse ensuite tomber dans le gazon.

« Cet endroit n'est pas trop mal pour faire une petite pause », approuve son amie Misty.

Ash regarde autour de lui. Des arbres font de l'ombre sur le sentier qu'ils parcourent. On entend un cours d'eau qui coule un peu plus loin.

« Je crois que nos Pokémon veulent se reposer », fait remarquer Brock, l'autre ami de Ash. Il sort une Poké Ball rouge et blanc de son

1

sac et l'ouvre. Vulpix, un
Pokémon qui ressemble à
un renard, apparaît. Puis,
c'est au tour de
Geodude, un Pokémon
rocher aux bras
puissants, de sortir de la balle.

Vulpix et Geodude vont vite jouer avec
Pikachu, le Pokémon électrique de Ash. Pikachu
ressemble à une souris jaune.

« Bonne idée! » approuve Misty. Elle laisse sortir
son Psyduck, un Pokémon d'eau. Puis, elle pose
Togepi par terre, un minuscule Pokémon qui
porte encore une partie de la coquille colorée de
laquelle il est sorti.

Ash laisse Bulbasaur et Squirtle sortir de leur
Poké Ball. Bulbasaur ressemble à un dinosaure
qui aurait un bulbe sur le dos. Squirtle
ressemble à une tortue.

Ash s'appuie sur son
sac à dos et sourit.
Attraper et dresser des
Pokémon est un travail
difficile : depuis des mois, il
parcourt les routes pour
apprendre à dresser ces créatures fantastiques et

devenir ainsi un maître de Pokémon. Être entraîneur de Pokémon est parfois dangereux. Il lui est même arrivé de se blesser. Mais lorsqu'il passe des moments paisibles comme celui-là en compagnie de ses Pokémon, il se dit que ça vaut la peine.

Ash se remet debout et s'étire. « Je me sens un peu poussiéreux. Je crois que je vais aller me rafraîchir dans la rivière », dit-il.

Ash s'éloigne du sentier et descend vers la rivière. Il se penche et se trempe les mains dans l'eau. Soudain, un jet d'eau froide le frappe en plein visage.

« Hé! » s'écrie Ash.

« *Squirtle squirtle squirtle!* »

Ash s'essuie les yeux. Il aperçoit Squirtle, au milieu de la rivière, qui rit comme un fou.

Le Pokémon a utilisé son attaque de jet d'eau pour arroser Ash!

« Très drôle », ronchonne Ash. Il escalade la berge et va retrouver Misty et Brock.

« On dirait que tu t'es fait attraper par Squirtle! rigole Misty.

— Les vilains tours de ce Pokémon vont finir par me rendre fou, se plaint Ash.

— Peut-être, réplique Brock. Mais n'oublie pas que Squirtle a toujours été là lorsque tu as eu besoin de lui.

— Brock a raison, approuve Misty. Squirtle est l'un de tes meilleurs Pokémon. »

Ash sort une serviette de son sac à dos et s'essuie. Il sait bien que Misty et Brock ont raison.

Il s'étend dans l'herbe, ferme les yeux et repense à toutes les fois où Squirtle lui est venu en aide.

Tout a commencé la première fois qu'ils se sont rencontrés...

2

L'escouade Squirtle

C'est au tout début de sa quête pour devenir maître de Pokémon que Ash a rencontré Squirtle pour la première fois. Le soleil brillait, et Ash marchait dans un sentier de terre battue avec Misty, Brock et Pikachu. Ils se dirigeaient vers la prochaine ville.

Ash s'est arrêté, étonné de voir son pied s'enfoncer dans le sol. Il s'est retourné pour avertir ses amis, mais... trop tard! La terre molle s'effondrait sous leur poids. Ils sont tous les quatre tombés dans un trou!

« Aïe! » crie Ash en atterrissant avec un bruit sourd. Il se remet sur ses pieds.

« Tout le monde va bien? demande-t-il.

— *Pika* », répond Pikachu.

Brock et Misty hochent la tête.

« Nous sommes tombés dans un genre de piège, suppose Brock.

— Quelqu'un a un drôle de sens de l'humour », ajoute Misty d'un ton rageur.

Ash est d'accord avec elle. « Qui pourrait nous jouer un tour aussi stupide? »

Des rires répondent à sa question. Ash lève la tête. Cinq Squirtle les regardent en riant. Mais ils ne ressemblent pas à des Squirtle ordinaires. Ils portent tous des lunettes noires.

« Qu'est-ce qu'il y a de si drôle? hurle Misty. Nous aurions pu nous blesser!

— Je ne vois pas ce qu'un tour aussi dangereux a de comique! » ajoute Ash.

Les Squirtle rient encore plus fort.

Ash sent la moutarde lui monter au nez. Il réussit à s'extraire du trou, puis aide Pikachu à en sortir aussi. Misty et Brock escaladent les parois à leur tour.

Les cinq Squirtle forment une ligne face à eux. Ash remarque que le Squirtle du centre semble être leur chef. Il porte des lunettes de soleil triangulaires, tandis que celles des autres sont rondes.

Ash sort Dexter, son Pokédex. Dexter contient des fichiers informatiques sur tous les Pokémon connus.

« Squirtle, commence l'ordinateur portatif. Ce petit Pokémon tortue rentre son long cou dans sa carapace pour projeter de l'eau à une distance et avec une précision incroyables. Son jet d'eau peut être très puissant. »

« Super! s'exclame Ash. J'aimerais bien capturer mon propre Squirtle. Vas-y, Pikachu! »

Pikachu penche la tête et se dirige vers la bande de Squirtle. Il lance une décharge électrique vers le chef des Squirtle. Mais un de ses petits soldats se place devant le chef. C'est lui qui reçoit la décharge. Affaibli, il s'effondre sur le sol.

Le chef des Squirtle se renfrogne. Il s'avance et fait face à Pikachu.

« *Squirtle!* » dit-il d'une voix profonde et menaçante.

« *Pika!* » réplique Pikachu.

Ash est tendu. On dirait bien qu'une bataille de Pokémon va s'engager.

Puis le son d'une sirène retentit. On dirait qu'elle se rapproche. Le chef des Squirtle semble paniqué. Il se retourne vers les autres Squirtle.

« *Squirtle! Squirtle!* » dit-il d'un ton pressant.

Les cinq Squirtle s'enfuient dans un nuage de poussière.

Une moto de police s'arrête près de Ash. Au cours de ses voyages, Ash a appris que l'agente aux cheveux bleus s'appelle Jenny. Il y a une agente Jenny dans chaque ville qu'il a visitée. Elles se ressemblent toutes et portent toutes le même nom.

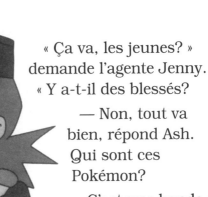

« Ça va, les jeunes? »
demande l'agente Jenny.
« Y a-t-il des blessés?

— Non, tout va
bien, répond Ash.
Qui sont ces
Pokémon?

— C'est une bande de
Pokémon connue sous
le nom d'escouade
Squirtle, explique
Jenny. Ce sont des
Squirtle qui ont été
abandonnés par leur
entraîneur de Pokémon.
Ils sont redevenus
sauvages et jouent des
tours dans toute la ville.

— Abandonnés par leur
entraîneur... répète Ash. Ça,
c'est triste. »

Jenny approuve. « Si
quelqu'un s'était occupé
d'eux, ils n'auraient pas mal
tourné. »

Ash jette un coup d'œil sur le chemin par où les Squirtle se sont enfuis.

« Ça me fait de la peine pour eux, dit Ash. Mais j'espère ne jamais les rencontrer à nouveau! »

3

Le tour de Team Rocket

Pendant que Ash et ses amis parlent à l'agente Jenny, l'escouade Squirtle s'attire d'autres ennuis.

L'escouade espionne deux humains et un Pokémon. Un des humains est une adolescente aux longs cheveux rouges. L'autre est un garçon aux cheveux violets. Le Pokémon est un Meowth, un Pokémon blanc qui ressemble à un chat.

Il s'agit de Team Rocket, un célèbre trio de voleurs de Pokémon. Team Rocket cherche toujours à voler des Pokémon rares, surtout le Pikachu de Ash.

Mais les Squirtle n'en savent rien et, d'ailleurs, ils s'en fichent éperdument. Tout ce qu'ils voient, c'est le délicieux pique-nique que Team Rocket s'apprête à engloutir.

Le chef des Squirtle sort de sa cachette. Les autres le suivent.

« *Squirtle squirtle!* » dit le chef à Jessie et James, les deux humains.

« Meowth, veux-tu traduire? » demande James.

Meowth peut parler le langage des humains et connaît aussi le langage de la plupart des Pokémon. « Je crois qu'il dit "Donnez-nous votre casse-croûte, ou sinon..." », traduit Meowth.

Jessie n'en revient pas. « Serais-tu en train de nous menacer? dit-elle d'un ton brusque au chef de l'escouade. Nous sommes Team Rocket. Les menaces, c'est nous qui les faisons.

— *Squirtle squirtle!* réplique avec colère le chef des Squirtle.

— Nous allons donner une petite leçon à ces effrontés, dit Jessie.

— Je suis prêt », répond James.

Jessie et James sortent leurs Poké Balls. Ils s'apprêtent à engager le combat avec l'escouade Squirtle...

... et tombent dans un piège!

Les Squirtle rient à gorge déployée. Jessie, James et Meowth sont tombés au fond d'un trou. Le chef des Squirtle donne des ordres. En un rien de temps tous les membres de Team Rocket sont ligotés, et l'escouade Squirtle dévore leur pique-nique.

« Hé, ils sont en train de manger nos beignets à la gelée! pleurniche Jessie.

— Ils vont boire toute notre limonade, grogne James.

— C'est une vraie torture », ajoute Meowth.

Les Squirtle font semblant de ne pas les entendre. Ils commencent par avaler une pile de sandwiches au beurre d'arachide et à la confiture.

Jessie réfléchit pendant un instant. Puis elle leur adresse la parole :

« Hé! les Squirtle, dit-elle de sa voix la plus mielleuse. Aimeriez-vous faire un petit travail pour nous? »

L'escouade Squirtle s'interrompt et la regarde.

« Il y a trois jeunes qui voyagent avec un Pikachu, poursuit Jessie. Notre patron serait enchanté si vous nous aidiez à les capturer. Il vous dédommagerait pour votre peine — si vous voyez ce que je veux dire.

— *Squirtle squirtle!* réplique le chef.

— Les Squirtle disent : " Oublie ça. Nous savons que nous ne pouvons pas faire confiance aux humains ", traduit Meowth.

— Eh bien, aide-nous à gagner leur confiance, lui demande James.

— Laisse-moi faire, répond Meowth. J'ai une idée. »

Meowth se tourne vers l'escouade Squirtle.

« Ces deux humains sont mes animaux de compagnie, dit Meowth. Je les ai dressés. Ils ne sont pas très intelligents. »

Le chef des Squirtle semble intéressé.

« De quoi parles-tu, espèce de chat... » commence James, mais Meowth lui donne un bon coup de pied dans les tibias.

« N'élève pas la voix quand tu me parles, méchant humain! s'écrie Meowth. Méchant, méchant humain! »

Les Squirtle rient. Ils détachent Meowth.

« Vous voyez, les amis, vous pouvez me faire confiance, dit Meowth.

— *Squirtle squirtle!* approuve le chef.

— C'est complètement ridicule, marmonne Jessie.

— Et douloureux, grogne James, en pensant à ses tibias.

— Mais ça marche, dit Meowth. Ils me font confiance maintenant. »

Meowth se tourne vers le chef des Squirtle. « Et puis, qu'en penses-tu? Allez-vous nous aider à capturer Pikachu?

— *Squirtle!* » Le chef des Squirtle fait oui de la tête. Il détache Jessie et James.

« Meowth, tu es génial, lui murmure Jessie.
Avec l'aide de l'escouade Squirtle, Pikachu sera à
nous! »

Sauvons Pikachu!

« Je crois que j'ai attrapé quelque chose! » s'exclame Misty. Sa ligne à pêche se raidit.

Ash et ses amis se reposent après leur rencontre avec l'escouade Squirtle. Ils sont assis dans l'herbe, près d'une rivière.

Misty tire sur sa canne à pêche.

« J'en ai un! » s'écrie-t-elle.

Ce n'est pas un poisson qui est au bout de la ligne, mais bien un Squirtle qui sort de l'eau. Il lance un jet d'eau de sa bouche et arrose copieusement Misty, Ash, Brock et Pikachu.

Ash écarte les cheveux mouillés qui lui couvrent les yeux.

« Ça va faire! hurle-t-il. J'en ai par-dessus la tête de vos mauvais tours, les Squirtle! »

Le Squirtle sort de l'eau et s'avance sur la rive.

« Pikachu, bats-toi contre ce Squirtle! » ordonne Ash.

« *Pika!* » dit Pikachu. Ses joues projettent de petits éclairs électriques. C'est toujours comme ça avant que Pikachu ne lance une attaque électrique.

Mais Pikachu n'a pas le temps. Le Squirtle rentre dans sa carapace. La carapace se met à tourner, tourner et tourner comme une toupie. Elle s'élève dans les airs et fonce sur Pikachu.

Boum! La carapace tourbillonnante pousse Pikachu dans la rivière.

Pikachu est surpris, mais se met à nager. Il se dirige vers la rive.

Un autre Pokémon fait surface. Ce n'est pas un Squirtle. C'est un Pokémon d'eau orange avec une corne sur la tête.

« Un Goldeen! s'exclame Misty. Pikachu, attention à sa corne! »

Trop tard! Le Goldeen nage plus rapidement que Pikachu et le rattrape facilement. La corne de Goldeen frappe Pikachu avec un bruit effroyable.

Pikachu est projeté hors de l'eau et atterrit lourdement sur la berge. Il a les yeux fermés.

Il est inconscient!

« Pikachu! Non! » s'écrie Ash. Il accourt pour l'aider. Brock et Misty courent aussi vers Pikachu.

« *Squirtle squirtle!* »

Ash se retourne brusquement. C'est l'escouade Squirtle. Ash et ses amis sont encerclés.

Rapidement, les Squirtle ligotent Ash, Brock et Misty avec de solides cordes. Ils soulèvent délicatement Pikachu et le déposent dans une cage.

« Arrêtez! » ordonne Ash.

Mais l'escouade Squirtle n'écoute pas. Les Pokémon soulèvent les amis et les transportent dans une caverne non loin de là.

Meowth s'y trouve déjà.

« Vous ne vous en sortirez pas facilement, cette fois! dit-il à Ash et à ses amis.

— Meowth? » Ash n'arrive pas à croire que Team Rocket a tout manigancé.

« C'est moi le Pokémon responsable ici, dit Meowth. Attendez que mes humains apprivoisés reviennent.

— Ne le croyez pas, dit Ash à l'escouade Squirtle. Meowth est un menteur. Les humains ne sont pas les animaux de compagnie de Meowth. Team Rocket essaie de vous rouler et de vous faire faire son sale boulot.

— *Squirtle?* interroge le chef des Squirtle.

— N'écoute pas cet humain, répond Meowth. C'est lui qui ment. »

Ash veut discuter, mais Brock l'interrompt.

« Ash, Pikachu ne va pas bien, dit-il en pointant la cage de Pikachu du menton. Nous devons le soigner avec de la super potion avant qu'il ne soit trop tard. Je connais un magasin en ville où on peut en trouver. »

Ash se tourne vers le chef des Squirtle.

« S'il vous plaît! Vous devez me laisser aller en ville. Si je ne peux pas lui donner des médicaments, Pikachu ne s'en remettra pas.

— *Squirtle*, réplique le chef, intraitable, en secouant la tête.

— Je vous en prie, faites-moi confiance, supplie Ash. Dès que j'aurai acheté le médicament, je vais revenir! Je vous le promets.

— *Squirtle, squirtle*, répond le chef.

— Squirtle dit que les promesses, ça ne coûte rien », traduit Meowth.

Ash regarde Pikachu dans sa cage. Il a encore les yeux fermés. Il respire difficilement.

« S'il vous plaît, continue Ash. Je vous en supplie! »

Ash est si inquiet qu'il se met à pleurer. Le chef des Squirtle voit les larmes couler sur les joues de Ash. Il se tourne vers Meowth.

« *Squirtle squirtle squirtle* », dit le chef. Meowth soupire. « Tu peux y aller, mais Squirtle dit que si tu n'es pas revenu demain à midi, la fille aux cheveux rouges devra se teindre les cheveux en mauve!

— En mauve! s'exclame Misty avec rage. Espèce de sac à puces... »

Mais Ash est tout heureux. Un membre de l'escouade Squirtle le détache.

« Ne t'inquiète pas, Misty, la rassure Ash. Je serai de retour en un éclair! Je dois bien ça à Pikachu. »

Ash enfonce sa casquette sur sa tête et court sur la route.

« Ça ne fait rien, marmonne Meowth. Même si cet imbécile revient, nous serons tous partis depuis longtemps! »

5

Une course contre la montre

Ash court jusqu'en ville. S'il se dépêche, il ne lui faudra que quelques heures pour se rendre jusqu'au Poké Mart.

Ash court sans s'arrêter. Bientôt le soleil baisse. Ash plisse les yeux dans la faible lumière du couchant. Il croit apercevoir au loin la silhouette de la ville. Il n'a plus qu'à traverser le pont qui se trouve devant lui et il sera presque arrivé.

J'y suis presque, se dit Ash en remerciant le ciel. *Je vais pouvoir acheter la super potion, et Pikachu sera guéri.*

Ash court jusqu'au pont, puis s'arrête net. Le pont de bois branlant semble fait de cure-dents. Il surplombe la rivière d'environ 30 mètres.

Ash respire profondément. Il doit traverser doucement.

Il met un pied sur le pont. Le bois craque, mais ne cède pas.

Ash fait un autre pas. Puis un autre.

« Je peux y arriver, dit Ash, de plus en plus confiant. J'y arriverai! »

Ash avance encore un peu.

Le pont commence à se fendre. Horrifié, Ash le regarde se séparer en deux. Il s'agrippe désespérément à la rampe. Mais c'est inutile : tout s'écroule et Ash est précipité dans la rivière.

Plouf! Ash tombe dans l'eau sans se faire mal.

« Oh là là! s'exclame-t-il. J'ai eu chaud… Aïe! »

Quelque chose le pousse par derrière.

Un Goldeen!

« Hé! » s'écrie Ash. Mais il ne peut arrêter le Goldeen. Le Pokémon continue à le pousser dans la rivière. Le courant est trop fort pour que Ash puisse résister.

Enfin, l'eau devient plus calme, et Ash peut nager pour s'éloigner du Goldeen. Il réussit à atteindre la rive. En levant la tête, il peut encore voir la ville, mais il s'est beaucoup éloigné.

Ash soupire, tord sa casquette, et poursuit son chemin. Il marche, marche et marche encore. Lorsqu'il atteint enfin la ville, la lune brille bien haut dans le ciel.

« Enfin, voilà le marché », constate Ash, en voyant un bâtiment bas plus loin dans la rue. Il court jusqu'à la porte et attrape la poignée.

Puis, il s'effondre, épuisé.

Lorsqu'il se réveille, il fait jour. Paniqué, Ash se remet sur ses pieds et entre dans le marché.

Ça alors! Il arrive en plein milieu d'un vol à main armée! Jessie et James pointent des fusils à glace sur les clients du magasin.

« Que personne ne bouge! hurle Jessie. Nous voulons toute la poudre éclair que vous avez!

— Et un gros rouleau de soie dentaire, ajoute James.

Pourquoi avez-vous besoin de cela? » demande le commis, nerveusement.

Jessie ricane. « Vous voulez vous débarrasser de l'escouade Squirtle, non? La poudre éclair les chassera de la ville.

— Et la soie dentaire, c'est pour prendre soin de nos dents », ajoute James.

Le commis leur remet la poudre éclair et la soie dentaire. Jessie s'empare de la marchandise, puis déclenche son fusil à glace.

« Bye bye! » s'écrie-t-elle, puis elle s'enfuit avec James.

Ash n'en croit pas ses yeux. À cause du fusil à glace, il neige dans le marché. L'agente Jenny entre en coup de vent.

« Que s'est-il passé? » demande-t-elle.

Ash lui explique rapidement. « Il faut les arrêter, dit-il. Et je dois apporter la super potion à Pikachu avant qu'il ne soit trop tard!

— Pas de problème, répond Jenny. Allons-y ensemble. »

Ash achète la super potion et suit Jenny à l'extérieur. Elle enfourche sa moto, et Ash s'installe derrière elle.

« Accroche-toi, Ash! » le prévient Jenny.

La moto file sur la route vers la caverne. Jamais Ash n'a roulé si vite.

Puis la moto s'arrête brusquement. Ash étire le cou pour voir ce qui se passe.

Ils sont arrêtés devant le pont qui s'est effondré sous Ash la veille.

« Impossible de passer, dit Jenny.

— Il doit bien y avoir un autre chemin! gémit Ash. Il faut sauver Pikachu! »

Jenny remet les gaz et s'exclame : « Je crois que je connais un autre chemin! »

Jenny file sur une route étroite qui longe la montagne. Après quelques minutes, Ash et elle arrivent à une ouverture dans le rocher.

« C'est une entrée secrète qui mène à la caverne, dit Jenny. Le passage est trop étroit pour qu'un adulte puisse y passer, mais peut-être que toi, tu pourras réussir à te frayer un chemin.

— Bien sûr! » répond Ash. Il s'engage dans le trou noir.

« Sois prudent! » recommande Jenny.

Ash est dans un genre de tunnel. Il avance à tâtons dans l'obscurité.

Bientôt, il aperçoit de la lumière.

La caverne!

Ash court vers la lumière. Il sort par le trou.

La caverne est déserte. Des morceaux de corde traînent par terre. Et la cage de Pikachu est vide!

« Ils sont partis, constate Ash sans y croire. Pikachu! »

Ash sort de la caverne en courant. Il voit l'escouade Squirtle.

« Je suis de retour à midi, comme je l'avais promis, dit Ash. Qu'avez-vous fait de mes amis?

— Nous sommes ici, dit Misty en sortant de derrière l'escouade. Où est la super potion pour Pikachu? »

Ash sort la potion de sa poche. « Elle est ici », dit-il. Il est si soulagé de voir Misty, Brock et Pikachu. « L'escouade Squirtle ne vous a pas fait de mal?

— Oh non, Ash, dit Brock. Ils ne sont pas bien méchants. Ils ont seulement besoin d'un bon entraîneur. »

Ash asperge Pikachu de super potion. Le Pokémon électrique ouvre doucement les yeux.

« Pikachu! s'exclame Ash. Ouf! mille mercis. »

Mais soudain une forte explosion l'interrompt. De la fumée noire remplit l'air.

« Cette explosion, dit Ash. Il y a du Team Rocket là-dessous! »

Comme si le trio n'attendait que ce signal, la montgolfière de Team Rocket apparaît dans le ciel au-dessus d'eux. Jessie et James lancent des bombes de poudre éclair sur Ash et sur l'escouade Squirtle.

Ash tousse. Ses yeux clignent à cause de la fumée. Il ne voit presque rien.

« Meowth! ordonne Jessie, descends chercher Pikachu!

— Tout de suite! » répond Meowth. James aide Meowth à atteindre le sol par une échelle en corde. Avant que Ash ne puisse réagir, Meowth attrape Pikachu qui est toujours trop faible pour se défendre. James fait remonter l'échelle de corde dans le ballon.

« Pikachu! Non! » hurle Ash.

« Au revoir, bande de minus! » leur lance Jessie en laissant tomber une autre bombe de poudre éclair vers la caverne.

L'explosion déclenche une avalanche de rochers sur le côté de la montagne.

Les rochers s'écrasent tout autour d'eux.

« Vite, à l'abri! s'écrie Ash. Dans la caverne! »

6

Squirtle, héros du jour.

Misty et Brock aident l'escouade Squirtle à entrer dans la caverne. Ash court vers l'entrée puis s'arrête.

Il aperçoit le chef des Squirtle étendu sur le sol, inconscient. Il a été pris dans l'avalanche.

« Squirtle! crie Ash. Je viens te chercher! »

Ash zigzague sous la pluie de rochers pour se rendre aux côtés de Squirtle.

« Ça va? demande Ash.

— *Squirtle!* » murmure Squirtle.

Une autre bombe de poudre éclair siffle dans les airs. Ash protège Squirtle de son corps.

La bombe explose. D'autres rochers dévalent la montagne. Mais Ash est épargné.

« *Squirtle!* » Le chef des Squirtle se lève d'un air déterminé. Il semble avoir repris des forces. Squirtle prend Ash et court vers la caverne, en sécurité.

Une autre bombe tombe. Celle-là frappe un arbre qui prend feu. D'autres arbres se mettent à brûler, eux aussi.

« C'est fantastique, s'exclame Jessie. D'abord, on réussit à tromper l'escouade Squirtle pour qu'elle nous aide. Maintenant, nous allons nous en débarrasser et nous serons des héros dans toute la ville! »

Mais Ash n'est pas prêt à laisser Team Rocket mener à bien son plan diabolique. Il sait ce qu'il a à faire.

Il se tourne vers le chef des Squirtle. « Squirtle! Jet d'eau, maintenant! »

Squirtle approuve. Il sort de la caverne et projette un puissant jet d'eau sur le ballon de Team Rocket. Le ballon éclate. Pikachu tombe des pattes de Meowth. Ash sort vite de la caverne et attrape Pikachu, tandis que la montgolfière décrit une spirale et s'éloigne rapidement.

« On dirait que Team Rocket est encore
propulsé vers les nuages! » s'écrient les voleurs
tandis que leur ballon disparaît à l'horizon.

« Nous avons réussi! se réjouit Ash.

— Team Rocket a disparu, dit Brock. Mais
nous devons maintenant éteindre l'incendie. »

Ash regarde tout autour. Le feu s'est propagé
aux arbres qui ceinturent la montagne. La
situation n'est pas rose.

À ce moment, l'agente Jenny arrive sur sa
moto. « Si l'incendie n'est pas maîtrisé, toute la
ville va y passer! »

Ash a une idée. Il se tourne vers l'escouade Squirtle. « Si vous travaillez en équipe, vous pourrez combiner vos jets d'eau, et nous pourrons éteindre le feu. »

Le chef des Squirtle approuve. L'escouade Squirtle se serre les coudes et se met à combattre l'incendie avec des attaques de jets d'eau. Bientôt, le brasier n'est plus qu'un mauvais souvenir.

« Vous avez réussi! » s'exclame Ash.

L'agente Jenny avait demandé des renforts. En quelques minutes, des autos-patrouilles arrivent sur place. Ash et ses amis peuvent retourner en ville avec l'escouade Squirtle.

Cette nuit-là, toute la ville se réunit pour célébrer. L'agente Jenny nomme l'escouade Squirtle responsable du service d'incendie de la ville, et lui décerne un trophée spécial.

« Tout est bien qui finit bien », dit Ash en sortant de la ville avec Misty, Brock et Pikachu.

« Je suis bien d'accord, renchérit Misty. Et je crois que ça va aller encore mieux. Regarde! »

Ash se retourne. Le chef de l'escouade Squirtle le suit.

« *Squirtle squirtle* », dit le Pokémon d'eau.

« Tu aimerais venir avec nous? » demande Ash.

Squirtle fait oui de la tête et retire ses lunettes de soleil. Puis il court vers Ash et lui saute dans les bras.

« Bienvenue dans notre équipe, Squirtle! » lui dit Ash.

Tentacool et Tentacruel

Squirtle devient bien vite l'un des Pokémon que Ash préfère utiliser pendant les combats. Mine de rien, le petit Pokémon, avec ses bulles, sa pompe à eau et son jet d'eau, a de puissantes attaques. Comme il a fait partie de l'escouade Squirtle, il sait comment travailler en équipe avec les autres Pokémon de Ash. Il aime bien le travail d'équipe.

Squirtle et Pikachu sont maintenant de très bons amis. Lorsque Ash n'a pas besoin de leur aide, ils s'inventent des jeux et s'amusent ensemble. Squirtle fait toujours rire Pikachu avec ses bouffonneries.

Mais la vie sur les routes avec Ash ne se résume pas qu'à du plaisir et à des jeux.

Ils ont souvent bien des ennuis. Quelque temps après que Squirtle s'est joint aux Pokémon de Ash, le groupe d'amis traversent l'île de Porta Vista. Pendant qu'ils attendent le traversier qui leur permettra de sortir de l'île, ils rencontrent une petite femme au visage renfrogné qui s'appelle Nastina. Elle veut que Ash l'aide.

« Il y a des Tentacool dans l'océan qui me causent des ennuis, dit-elle. J'essaie de bâtir un centre de villégiature dans l'océan près des côtes de l'île. Ce sera magnifique! On y sera entouré de récifs de corail. Mais les Tentacool n'arrêtent pas de faire couler mes bateaux et d'interrompre mes travailleurs. »

De la main, Nastina leur indique l'endroit. Ash regarde vers l'océan. Les poutres d'acier d'un hôtel à moitié construit brillent au soleil.

« Je dois terminer mon centre de villégiature. J'aimerais que vous exterminiez tous les Tentacool pour moi, propose Nastina. Je vais vous payer un million de dollars.

— Un million! » Ash n'en croit pas ses oreilles. Ses yeux se mettent à briller.

Misty attrape Ash par la manche. Elle le tire à l'écart. Brock et Pikachu les suivent.

« Nous n'avons pas besoin de cet argent, dit Misty d'un ton rageur.

— Pourquoi tu t'énerves? demande Ash. De toute façon, c'est quoi un Tentacool?

— Tentacool est un Pokémon méduse, explique Brock.

— Ouais, approuve Misty. Et c'est cruel de les tuer. Si les Tentacool font du mal aux humains, ils ont certainement une bonne raison.

— J'imagine que vous avez raison, répond Ash.

— *Pika! Pika!* » s'exclame soudain Pikachu.

Ash se retourne brusquement. Un yacht blanc s'approche de la rive. Et qui est au gouvernail? Team Rocket!

« Nous allons nous occuper de ces Tentacool pour vous », dit Jessie à Nastina.

Jessie et James soulèvent un baril de bois.

42

« Nous allons nous débarrasser de ces méduses avec notre sauce assommante super secrète! déclare James.

« Oh non! » se désole Misty.

Team Rocket éclate de rire. Son bateau rugit en s'éloignant vers l'océan.

De la rive, Ash observe Team Rocket qui s'apprête à déverser sa sauce assommante super secrète dans l'océan.

Soudain, on voit plein de lumières rouges et brillantes s'allumer dans l'eau.

Les Tentacool!

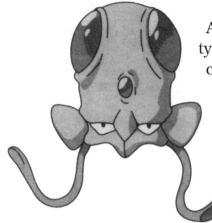

Ash n'a jamais vu ce type de Pokémon, combinaison de Pokémon d'eau et de Pokémon poison. Les créatures ressemblent à des méduses bleues dotées de deux longs tentacules. Chacune a un point rouge au milieu de la tête et deux points rouges plus gros de chaque côté. La lumière brillante provient de ces taches rouges.

Des milliers et des milliers de Tentacool entourent le bateau de Team Rocket. Ils dirigent tous leur lumière rouge vers le bateau.

Boum! Le bateau explose. Team Rocket est projeté hors du bateau et plonge dans l'eau.

Le baril contenant la sauce assommante super secrète se brise. Un liquide jaune et visqueux s'en échappe et recouvre un des Tentacool.

Le Tentacool se met à trembler. Tout son corps émet une lumière jaune.

Puis, il se met à grossir.

Ash en a le souffle coupé. Le petit Tentacool est maintenant aussi gros qu'un immeuble de dix étages. Il a maintenant quatorze tentacules plutôt que deux et deux longs dards acérés.

« Il a évolué en Tentacruel, commente Brock. Mais il est vraiment immense! On dirait que la sauce assommante de Team Rocket l'a fait grossir.

— Je ne sais pas ce que la sauce lui a fait, dit Ash, mais il fonce sur nous! »

Ash court sur la plage tandis que le Tentacruel sort de l'eau. Des milliers de Tentacool le suivent.

Tentacruel se dirige directement vers le centre-ville. Il attrape un grand édifice avec ses tentacules et le réduit en miettes.

Les Tentacool le suivent. Ils cassent les vitrines et détruisent tout ce qui se trouve sur leur passage.

Puis le Tentacruel s'arrête. Il a vu Meowth.

Tentacruel agrippe Meowth avec ses tentacules. Il entoure la tête de Meowth d'un autre de ses tentacules.

Meowth a maintenant le regard vide. Puis il se met à parler d'une voix de zombie.

« Nous sommes des Tentacool et un Tentacruel. Nous voulons nous faire entendre, dit Meowth. »

« Tentacruel utilise Meowth comme marionnette », explique Brock.

Meowth poursuit. « Vous avez détruit notre habitat dans l'océan. Nous allons maintenant détruire le vôtre. »

« Ils devaient vivre à l'endroit où l'hôtel est construit, dit Ash.

« — Mais bien sûr, réplique Brock. Le récif de corail! »

Les deux taches rouges sur la tête de Tentacruel se mettent à briller. Un rayon rouge en sort et frappe un autre édifice, qui se fend en deux.

« C'est triste pour Tentacruel, dit Misty. Mais nous devons l'arrêter avant que quelqu'un ne soit blessé.

— Tu as tout à fait raison! s'exclame Ash. C'est le moment de lancer une attaque puissante. Es-tu prêt, Pikachu? »

Des étincelles jaillissent des joues de Pikachu.

Ash prend quelques Poké Balls de sa ceinture.

« Squirtle! Bulbasaur! Butterfree! Pidgeotto! Allez! »

Les Pokémon jaillissent de leurs Poké Balls.

« Starmie! Staryu! Goldeen! Allez! » s'écrie Misty, en lançant ses Poké Balls.

Brock lance une Poké Ball, lui aussi. « Tiens-toi prêt, Zubat! » ordonne-t-il.

« Très bien, les amis, dit Ash. Il faut que ces Tentacool retournent dans la mer! »

L'équipe de Pokémon se met en action. Squirtle saute sur le dos de Zubat. Il s'y agrippe tandis

que le Pokémon chauve-souris bat des ailes et s'envole vers le ciel.

Pikachu saute sur le dos de Pidgeotto.

Les Pokémon s'élèvent dans les airs et se dirigent vers les Tentacool.

Butterfree soulève Bulbasaur et Jessie.

Starmie, Staryu et Goldeen restent dans l'eau, prêts à intervenir.

L'équipe commence à attaquer les Tentacool. Squirtle les frappe de puissants jets d'eau. Bulbasaur les fouette avec sa liane. Pikachu leur lance de grosses décharges électriques. L'attaque fonctionne! Les Tentacool retournent vite dans l'eau.

Mais la bataille n'est pas terminée.

L'équipe de Pokémon doit maintenant faire face à Tentacruel. Il les fouette de ses longs tentacules. Squirtle, Zubat, Butterfree, et Bulbasaur s'écrasent au sol.

Mais Pikachu et Pidgeotto sont toujours dans les airs près de Tentacruel.

Puis Tentacruel se met à parler, toujours par l'entremise de Meowth. « Pourquoi vous rangez-vous du côté des humains? demandent-ils.

— *Pikachu! Pika pika pi!* » répond Pikachu.

« Je pense que Pikachu essaie de le raisonner », commente Brock.

Le Tentacruel écoute.

« *Pikachu. Pika pi!* » dit Pikachu.

« Je t'en prie, écoute, dit Misty. Nous, les humains, ne détruirons plus votre habitat.

— *Pika pi* », ajoute Pikachu.

Tentacruel marque une pause. Puis il attrape Nastina avec ses tentacules.

Tentacruel parle par la bouche de Meowth. « Nous nous en allons, mais si cela se reproduit, nous n'arrêterons pas. N'oubliez jamais cela. »

Nastina regarde les édifices en ruine autour d'elle. « Euh, d'accord », dit-elle.

Tentacruel libère Nastina et Meowth. Puis il replonge dans l'océan et s'éloigne.

Pidgeotto atterrit. Pikachu saute de son dos et serre Squirtle et les autres Pokémon dans ses bras.

« Bon travail, les amis, dit Ash. Ensemble, nous formons une équipe du tonnerre! »

8

Puissance Squirtle

Non seulement Squirtle fait-il un excellent travail d'équipe avec les autres Pokémon, mais il n'a pas son pareil dans les combats individuels.

Ash se fie de plus en plus à Squirtle. Et lorsque Ash se sent prêt, il tente d'entrer dans la Ligue des Pokémon pour se rapprocher de son but : devenir un maître de Pokémon.

Pour être admis par la Ligue des Pokémon, Ash doit se battre contre cinq entraîneurs et gagner.

Le premier entraîneur qu'il rencontre est un garçon de son âge. Celui-ci appelle son Exeggutor, un Pokémon à trois têtes en noix de

coco. Ash fait appel à Krabby, un Pokémon d'eau qui ressemble à un crabe orange. Pendant le combat, Krabby évolue et devient Kingler, un Pokémon plus fort, dont les pinces puissantes peuvent couper de l'acier. Grâce à Kingler, Ash gagne facilement le premier combat. Kingler bat ensuite le Seadra et le Golbat du garçon.

Le lendemain, Ash fait face à son deuxième adversaire. Le combat a lieu dans une aire rocheuse au milieu du stade. L'aire de combat habituelle a été parsemée de rochers et de rocs bruns. Les entraîneurs doivent être mis à l'épreuve dans tous les types de conditions.

Ash se tient à une extrémité de l'aire rocheuse et fait face à son adversaire, un garçon aux cheveux bruns qui porte une veste bleue. Pikachu se tient aux côtés de Ash.

« Deuxième combat, sur aire rocheuse, proclame l'annonceur. Chaque entraîneur ne peut utiliser qu'un seul Pokémon. Ce choix décidera de l'issue du combat. Quel Pokémon les concurrents choisissent-ils? »

L'autre entraîneur lance sa Poké Ball rouge et blanc vers l'aire de combat. La balle s'ouvre dans un éclat de lumière blanche. Un Pokémon rose qui a une grosse corne sur le front apparaît dans la lumière et atterrit sur un bloc rocheux.

« Un Nidorino! » commente l'annonceur. Ce Pokémon est reconnu pour ses attaques empoisonnées. Quel Pokémon Ash utilisera-t-il pour faire face à Nidorino? »

De petites étincelles jaillissent des joues de Pikachu. Il vient de battre deux des Pokémon du garçon, et est prêt à un autre combat. Mais Ash regarde Nidorino. Le Pokémon ressemble presque à un petit dinosaure. Son corps est tout en muscles. Ash sait qu'il a besoin d'un Pokémon suffisamment robuste pour encaisser ses puissantes attaques. Mais Pikachu est faible contre les Pokémon poison.

« Squirtle! Je te choisis! » s'écrie Ash. Il lance la Poké Ball de Squirtle sur l'aire de combat. Squirtle apparaît et vole dans les airs. Il fait une pirouette et atterrit fermement sur le rocher qui fait face à Nidorino.

« *Squirtle!* » crie-t-il. Ses yeux brillent, il est prêt pour le combat.

« Je compte sur toi, Squirtle », l'encourage Ash.

Le Nidorino agit vite. Il traverse le champ de roche et fonce sur Squirtle.

« Nidorino commence par un plaquage », explique l'annonceur.

Ash réfléchit rapidement. « Squirtle! » ordonne-t-il.

Squirtle fait signe de la tête. Et, vif comme l'éclair, il rentre la tête, les bras et les jambes dans sa carapace dure.

Nidorino frappe Squirtle de plein fouet. La carapace de Squirtle roule en bas du rocher, mais Squirtle est en sécurité à l'intérieur.

« Allez, roule! » commande Ash.

La carapace de Squirtle se met à rouler sur la roche. Nidorino la poursuit. Squirtle roule de plus en plus vite. La carapace frappe le bord d'un gros rocher et vole dans les airs.

« Maintenant Squirtle, jet d'eau! » ordonne Ash.

Squirtle sort de sa carapace. Il ouvre la bouche et lance un puissant jet d'eau sur Nidorino. Sous la pression, Nidorino est projeté contre un rocher. Le Pokémon est sonné, mais il tient le coup. Il se remet sur ses pattes et bondit dans les airs.

« Finis-le avec un coup de tête! » s'écrie Ash.

Squirtle change de position : son corps forme maintenant une ligne droite. Puis, il baisse la tête. Une fine ligne bleue brille autour de la tête de Squirtle et du haut de son corps. Squirtle fonce sur Nidorino.

Boum! Squirtle cogne Nidorino qui est dans les airs.

« Le coup de tête de Squirtle a frappé juste! commente l'annonceur. Nidorino semble ébranlé. »

Nidorino s'écrase au sol. Ses yeux sont fermés, et il ne bouge plus.

Un juge s'avance sur l'aire de combat.

« Nidorino n'est plus en mesure de se battre, déclare-t-il. Ash gagne le combat et cette partie de la compétition! »

La foule applaudit. Ash court vers l'aire de combat et serre Squirtle dans ses bras.

« Merci, Squirtle, dit Ash. Je savais que je pouvais compter sur toi. »

9

Wartortle

Squirtle est heureux d'aider Ash pendant ses
combats contre d'autres entraîneurs de Pokémon.
Squirtle est toujours prêt lorsque Ash a besoin de
se battre contre des méchants comme Team
Rocket. Mais il n'a jamais oublié le temps qu'il a
passé dans l'escouade Squirtle. Si d'autres
Squirtle ont besoin d'aide, celui de Ash est
toujours prêt.

Un jour, les voyages de Ash l'entraînent dans
une ville située près de l'océan. Ash, Misty, Brock
et Pikachu marchent sur une plage de sable.
Soudain, un Pokémon d'eau fonce sur eux et
renverse Ash.

« Hé, pourquoi tu fais ça? » lui demande Ash, en époussetant le sable de ses jeans. Il regarde le Pokémon qui l'a renversé. Il ressemble un peu à Squirtle, mais il est bleu foncé et a de longues oreilles. Il est plus grand que Squirtle, sa queue est plus longue.

« *Wartortle. Tortle tortle tortle* », dit le Pokémon. Il semble surexcité.

« Super! Un Wartortle. Tu parles d'un Pokémon rare, admire Brock.

— Un war-tor-quoi? » demande Ash. Il sort Dexter, son Pokédex.

« Wartortle, le Pokémon tortue, dit Dexter. Forme évoluée de Squirtle. Sa longue queue touffue est un symbole de son âge et de sa sagesse. »

« Il n'a pas l'air très malin, dit Ash. Il a plutôt l'air bouleversé.

— *Wartortle! Wartortle!* répète le Pokémon.

— Pikachu, qu'est-ce qu'il dit? » demande Ash.

Habituellement, Pikachu comprend ce que les autres Pokémon disent. Mais Wartortle parle trop vite.

Pikachu sort une Poké Ball du sac à dos de Ash. Squirtle apparaît.

« *Wartortle! Tortle tortle tortle!* » dit le Wartortle à Squirtle. Il montre l'océan.

« *Squirtle! Squirtle squirtle* », répond Squirtle.

Squirtle rentre dans sa carapace. Il en ressort avec une paire de lunettes de soleil. Il est maintenant prêt à passer à l'action.

« Hé! Ce sont les lunettes noires de l'escouade Squirtle! » s'exclame Ash.

Squirtle met les lunettes de soleil. Puis, avec Wartortle, il court sur la plage, saute dans l'eau et s'éloigne à la nage.

« Squirtle, où vas-tu? s'écrie Ash.

— Quelqu'un doit avoir des ennuis », suppose Brock.

Ash court sur la plage. « Il faut trouver un bateau pour les suivre! »

10

L'île des Squirtle

« Suivons ce Squirtle! » s'écrie Ash.

Un gentil pêcheur prête un bateau aux amis. Misty demande à ses Pokémon d'eau, Goldeen, Starmie et Staryu, de les aider à tirer le bateau dans l'eau.

Ash peut voir Squirtle et Wartortle plus loin dans l'océan. Ils font voler l'eau en fendant les vagues.

« Pas de doute, ils sont pressés, fait remarquer Ash.

— Regarde Ash! l'interrompt Brock. Il y a une île droit devant. »

Ash plisse les yeux. Il aperçoit une minuscule île qui pointe hors de l'eau. Elle ne ressemble à aucune île qu'il connaît. On dirait plutôt une carapace de Squirtle.

Brock étudie une carte. « Je ne la vois nulle part sur cette carte, dit-il. C'est étrange.

— Ce doit être là que se dirigent Squirtle et Wartortle, ajoute Misty.

— Tu as raison! approuve Ash. En avant tous! »

Un peu plus tard, leur bateau atteint la plage sablonneuse de l'île. Squirtle et Wartortle y sont déjà. La plage est couverte de ce qui semble être des carapaces de tortue.

« La plage est pleine de Squirtle et de Wartortle, fait observer Brock.

— Ils sont tous à l'intérieur de leur carapace, précise Misty. J'espère qu'ils vont bien. »

Brock s'agenouille près de l'une des carapaces. Un son assourdi s'en échappe.

Des ronflements!

« Tout va bien, dit Brock. Ils sont seulement endormis.

— Je ne comprends pas », déclare Ash. Puis il sent quelqu'un lui tirer la manche. C'est Squirtle et Wartortle. Ils le tirent sur la plage jusqu'à un gros rocher. Une tortue géante s'y repose. Ash n'a jamais vu une si grosse carapace.

« Oh! » s'exclame Ash. Il sort Dexter.

« Blastoise, le Pokémon coquillage, explique Dexter. C'est la forme évoluée de Wartortle. La force de Blastoise réside dans sa puissance plutôt que dans sa vitesse. Sa carapace lui sert d'armure, et lorsqu'il se sert des canons à eau qui se trouvent sur son dos pour attaquer, il est pratiquement impossible à arrêter. »

Un Blastoise! Ash n'en revient pas de la chance qu'il a. « Il faut que je m'approche », se dit-il.

Ash escalade le rocher.

« Soit il dort, soit il pratique son attaque de retrait », explique Brock.

Ash serre la grosse carapace dans ses bras. « J'ai attendu si longtemps pour te rencontrer, Blastoise », dit Ash.

Soudain, Ash se sent très fatigué. Ses paupières sont lourdes.

Quelques secondes plus tard, sa tête repose sur la carapace. Ash dort profondément.

« Ash, est-ce que ça va? » demande Misty.

Inquiet, Squirtle grimpe sur le rocher. Il tente de réveiller Ash en le secouant. Mais bientôt, les yeux de Squirtle se ferment. Il tombe endormi, lui aussi.

« Ash, réveille-toi! M'entends-tu? demande Brock.

— Continue à l'appeler, l'encourage Misty.

— Ça ne sert à rien, répond Brock. Il est au pays des rêves. Cela a sûrement quelque chose à voir avec Blastoise. »

Misty se tourne vers Pikachu. « Essaie un réveille-matin électrochoc! » dit-elle.

Pikachu approuve de la tête. Il ferme les yeux. Des petits éclairs jaillissent de son corps tandis qu'il accumule une charge pour son attaque.

Boum! Pikachu lance un éclair électrique sur
Ash et Squirtle. L'éclair les frappe, et ils se
détachent de Blastoise et atterrissent sur la
plage. La décharge a secoué tous les Squirtle et
les Wartortle qui s'y trouvent.

Lentement, Ash ouvre les yeux. Autour de lui,
son Squirtle, tous les autres Squirtle et les
Wartortle se réveillent et sortent de leur carapace.

« Qu'est-ce que tu as, Ash? Tu rêves au jour où
tu seras maître de Pokémon? le taquine Misty.

— Je pense que je me suis endormi, dit Ash. C'est vraiment bizarre.

— Et Squirtle s'est endormi lui aussi tout de suite après toi, ajoute Brock.

— J'ai entendu un son provenant de la carapace de Blastoise juste avant de m'endormir, explique Ash.

— Quelle sorte de son? l'interroge Misty.

— Une sorte de musique étrange. Quelque chose de vaguement familier », répond Ash. Il se tourne vers les Squirtle et les Wartortle. « L'avez-vous entendu, vous aussi? »

Ils font tous oui de la tête.

« Cet endroit est sinistre, déclare Misty en retournant vers le bateau. Je propose qu'on quitte l'île immédiatement. »

Ash ne bouge pas d'un poil. « Je ne pars pas d'ici avant d'avoir réveillé ce Blastoise. »

Misty soupire. « C'est bien ce que je craignais... »

Ash se tourne vers le groupe de Squirtle et de Wartortle. « Nous n'y arriverons pas tout seuls. »

Les Squirtle et les Wartortle hochent la tête et se mettent à parler, pleins d'enthousiasme.

« Parfait! s'exclame Ash. Que l'*Opération réveil*
commence! »

11

C'est un enlèvement!

« Donc, si j'ai bien compris toute l'histoire », récapitule Brock après que le Squirtle de Ash a fait la traduction pour les autres Squirtle et les Wartortle, « cette île est le royaume des Pokémon tortues. Blastoise est le roi des Pokémon tortues », récite Brock.

Les Squirtle et les Wartortle approuvent de la tête.

« Un jour, Blastoise est allé se baigner dans l'océan, poursuit Brock. Mais Blastoise n'est jamais revenu. Vous l'avez finalement retrouvé dans l'océan et lorsque vous l'avez ramené sur la rive, vous vous êtes endormis, vous aussi. »

Les Pokémon tortues penchent la tête à nouveau.

Brock sort un stéthoscope de son sac et se le met autour du cou. Il monte sur le rocher et pose le stéthoscope sur la carapace de Blastoise.

« Sois prudent, Brock, l'avertit Ash.

— Je n'entends rien », dit Brock. Il fronce les sourcils.

C'est à ce moment que la carapace commence à bouger. Deux bras en sortent. Puis deux jambes. Puis une grosse tête.

Blastoise est réveillé!

« Blastoise », dit-il d'une voix profonde.

« Que dit-il? » demande Ash.

Le Squirtle de Ash s'approche de Blastoise.

« *Squirtle? Squirtle squirtle?* » demande-t-il.

« *Blastoise* », répond Blastoise. Il pointe un des canons à eau qui ornent ses épaules. Brock s'approche du canon. Il y a quelque chose de coincé à l'intérieur. C'est rose et de forme arrondie.

« Mais qu'est-ce que c'est que ça? » demande Brock.

Squirtle grimpe jusqu'au canon. Il touche la boule rose de la patte.

La boule bouge. Une oreille rose sort de la gueule du canon. Puis une autre.

Un son étrange remplit l'air. On dirait une chanson.

« Oh non! s'exclame Misty. J'espère que ce n'est pas ce que je pense. »

La chanson résonne de plus en plus fort. Ash connaît cette chanson. On dirait une berceuse.

« Jigglypuff! s'exclame-t-il.

— C'est ça! renchérit Brock. Jigglypuff adore chanter. Mais sa chanson est comme un somnifère pour les humains et les Pokémon. Jigglypuff s'est retrouvé coincé dans le canon de

Blastoise. Puis il... »
Brock ne peut finir sa
phrase. Il bâille.

« Oh, non », dit Ash
d'un ton endormi. Il ne
peut plus garder l'œil
ouvert.

Tout autour de lui, les
Squirtle et les Wartortle
rentrent dans leur
carapace. Ash s'effondre sur le sable.

Bientôt tout le monde sur l'île dort
profondément.

À ce moment, Team Rocket s'approche de l'île
dans un sous-marin en forme de Gyarados — un
Pokémon d'eau qui ressemble à un monstre
marin. Le sous-marin sort de l'eau. Puis Jessie,
James et Meowth observent la plage avec des
jumelles.

« Nous allons attraper ton Pokémon en un clin
d'œil..., dit Jessie.

— ... sans même que tu n'ouvres un œil! »
finit James.

Jessie et James se dirigent vers la tête de
Gyarados située à la proue du bateau. Dans la
gueule du Gyarados se trouve une immense

ventouse fixée à une perche. À l'autre extrémité
de la perche est nouée une longue corde.

« Avec cet instrument, attraper Blastoise, ça va
être du gâteau! » s'exclame Jessie.

Meowth saute lui aussi près de la tête du
Gyarados. « Meowth! »

Meowth enclenche une manette près de la tête.
La grosse ventouse vole au-dessus de l'eau, au-
dessus de la plage, et vient se coller sur la
carapace de Blastoise.

« Maintenant, il ne reste qu'à remonter notre
prise dans le bateau », dit Meowth en attrapant
une poignée et en commençant à enrouler la
corde. Il tire ainsi Blastoise de son rocher. Il lui
fait traverser la plage. Le gros Pokémon est
maintenant dans l'eau.

« C'est trop facile », s'inquiète James.

Chaque membre de Team Rocket fait un effort; ensemble, ils réussissent à tirer la lourde carapace sur le pont. Puis ils la tirent jusque dans la coque du sous-marin.

« Notre patron sera très content que nous ayons capturé Blastoise, se réjouit Jessie.

— Mais attends, renchérit James. Nous pouvons y retourner pour capturer tous les autres Pokémon! »

Pendant ce temps, Ash et ses amis se réveillent tranquillement sur la plage. Les autres Pokémon font de même.

Un cri de panique s'élève lorsque tous réalisent que Blastoise n'est plus sur son rocher.

« *Squirtle! Squirtle!* »

« *Wartortle! Wartortle!* »

Les Pokémon d'eau sont complètement désemparés.

Seul le Squirtle de Ash reste calme. Il lance un jet d'eau puissant sur les Squirtle et les Wartortle pour attirer leur attention.

Squirtle saute sur le rocher de Blastoise.

« *Squirtle! Squirtle! Squirtle!* » crie-t-il.

Les Squirtle et les Wartortle l'applaudissent. Puis le Squirtle de Ash s'élance sur la plage,

Pikachu à ses côtés. Tous les autres Squirtle et les Wartortle le suivent.

« Hé! Ash, ton Squirtle est un vrai chef, dit Misty.

— C'est comme ça lorsqu'un Pokémon a un entraîneur hors de l'ordinaire, se vante Ash.

— Ou peut-être que les Squirtle sont seulement impressionnés par ses lunettes de soleil », réplique Brock.

Ash fronce les sourcils. « Suivons-les. Ils sont à la recherche de Blastoise. »

En un rien de temps, Squirtle et Pikachu trouvent la trace laissée par la carapace de Blastoise quand elle a été tirée sur le sable. La trace se rend jusqu'au bord de l'eau.

Tous les Pokémon regardent vers l'océan. Puis Pikachu montre quelque chose de la patte.

« *Pika!* » crie-t-il.

Ash regarde. On dirait qu'il y a une sorte de sous-marin dans l'eau. Il a la forme d'un Gyarados.

« Ce ne peut être que Team Rocket, affirme Misty. Qui pourrait faire quelque chose comme cela?

— Tu as raison, approuve Ash. Squirtle, tu sais ce que tu dois faire. »

Squirtle hoche la tête. Puis il plonge dans les vagues. Les autres Squirtle et les Wartortle le suivent.

« Tu peux y arriver, Squirtle! l'encourage Ash.

— J'espère que tout ira bien, dit Misty. Sinon, nous ne reverrons jamais plus Blastoise! »

12

Blastoise passe à l'action

À l'intérieur du sous-marin Gyarados, les membres de Team Rocket sont très fiers d'eux-mêmes.

« Le patron va me donner une grosse récompense pour ça, déclare Jessie, en regardant la carapace de Blastoise d'un air cupide.

— Va TE donner? Et moi dans tout ça? proteste James.

— Hé, n'oubliez pas que toute l'opération, c'était mon idée, ajoute Meowth.

— Ton idée? » s'exclame Jessie avec colère. Elle tente de donner un coup de pied à Meowth.

Mais elle le manque : elle donne plutôt un coup de pied sur la paroi du sous-marin et y perce un trou. L'eau commence à s'infiltrer dans la coque.

« Bon, dit James, regarde ce que tu as fait.

— C'est la faute de Meowth! » pleurniche Jessie.

Les trois voleurs de Pokémon se regardent les uns les autres. Puis leurs paupières sont de plus en plus lourdes.

Jessie bâille. « Je ne sais pas ce qui se passe, c'est étrange, je me sens si... »

Jessie, James et Meowth s'effondrent au sol. La chanson de Jigglypuff les a endormis.

L'eau s'infiltre rapidement dans le sous-marin maintenant. Il coule!

À l'extérieur du sous-marin, les Squirtle et les Wartortle travaillent fort. Ils nagent autour du sous-marin et l'entourent. Ils luttent pour garder le sous-marin à flot. En y mettant toute leur énergie, ils poussent le sous-marin vers la plage. Il s'échoue sur le sable. La carapace de Blastoise est expulsée et atterrit en sécurité sur la plage.

L'eau froide réveille Team Rocket. Le trio sort sur le pont du sous-marin.

Jessie regarde Ash, Misty et Brock sans trop y croire.

« Quel tour nous avez-vous joué, encore? demande-t-elle. Comment vous êtes-vous rendus jusqu'ici?

— Ce n'est pas à toi de poser des questions, réplique Misty du tac au tac. Ces Squirtle et ces Wartortle vous ont sauvé la vie.

— Ouais, ajoute Ash. Sortez de là. »

Jessie ricane. « Nous ne partirons pas sans notre Blastoise.

— C'est vrai! répond James. C'est le moment de passer au plan B. »

Jessie, James et Meowth disparaissent à l'intérieur du sous-marin.

« Mais qu'est-ce qu'ils mijotent? » se demande Ash.

Tout à coup, quatre roues sortent du sous-marin. Le Gyarados se met à rouler sur la plage.

« Le sous-marin Gyarados s'est transformé en blindé! » s'émerveille Ash.

Deux minuscules fenêtres du blindé s'ouvrent, et de chacune sort un bras terminé par une pince.

Les Squirtle et les Wartortle font face au blindé. Ils y projettent de puissants jets d'eau.

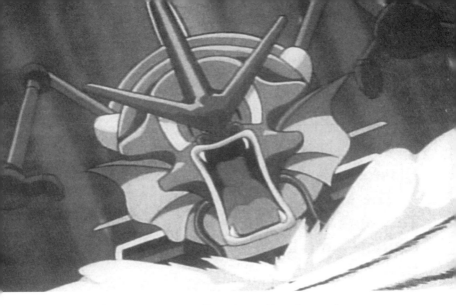

Mais ils ne peuvent l'arrêter. Les bras les attrapent un à un et les envoient voler dans les airs.

« Il faut absolument faire quelque chose pour leur venir en aide », dit Brock.

Soudain, Ash a une idée. « Squirtle! Pikachu! » s'écrie-t-il.

Les deux Pokémon s'approchent de lui.

« Utilisez vos attaques pour réveiller Blastoise, leur ordonne Ash. Blastoise est suffisamment gros pour arrêter cette machine. »

Squirtle et Pikachu hochent la tête et se tournent vers la grosse carapace.

Squirtle lance un jet d'eau avec sa bouche. Puis Pikachu dirige une décharge électrique vers le jet d'eau.

L'eau transporte la décharge électrique et lui donne de la puissance supplémentaire. Lorsque la décharge frappe Blastoise, sa carapace tremble.

Le choc libère le Jigglypuff. Le Pokémon rose est expulsé du canon à eau et atterrit à l'intérieur du blindé Gyarados.

Libéré de Jigglypuff, Blastoise se réveille. Sa tête, ses bras et ses jambes sortent de sa carapace.

« Blastoise! Arrête ce blindé! s'écrie Ash. Les Squirtle et les Wartortle ont besoin de ton aide. »

Blastoise traverse la plage. Il fait face au blindé Gyarados.

Celui-ci se dirige droit vers Blastoise, mais le Pokémon allonge les bras.

Il retient le blindé.

Puis les bras mécaniques tentent d'attraper Blastoise, mais celui-ci prend chacune des mains et les écrase comme des brins de paille.

Pour finir, Blastoise dirige ses canons d'eau vers le blindé. Deux immenses vagues frappent le blindé avec une force spectaculaire.

Les Squirtle et les Wartortle se joignent à Blastoise. Ils dirigent tous leur attaque d'eau sur le blindé Gyarados.

Les jets d'eau repoussent le blindé jusqu'à l'océan. Le véhicule bien abîmé flotte un peu sur les vagues, puis se met à couler doucement.

« Parfait! s'exclame Ash. Nous avons réussi. Tout le monde a fait un excellent travail!

— Ce n'est pas fini, fait remarquer Misty. Jigglypuff est prisonnier à l'intérieur de ce gros machin! »

13

Squirtle, héros du jour — encore une fois!

« *Squirtle! Squirtle!* » s'écrie le Squirtle de Ash.

Squirtle saute dans l'eau. Il nage le plus vite possible vers le sous-marin.

Inquiet, Ash observe Squirtle qui s'approche du sous-marin. Des nuages de fumée noire s'en dégagent. On dirait qu'il est en feu.

« Squirtle! Attention! » le supplie Ash.

Soudain, une puissante explosion fait trembler la plage. Horrifié, Ash regarde le sous-marin réduit en mille miettes.

« Non! » hurle Ash.

83

Il y a tellement de fumée noire que Ash ne voit plus rien.

Puis, la fumée se dissipe.

Ash voit Team Rocket qui s'élève dans les airs en s'éloignant de plus en plus de la plage. Puis il voit quelque chose d'autre.

Squirtle! Squirtle nage dans les vagues, Jigglypuff bien installé sur son dos.

Épuisé, Squirtle atteint la plage. Jigglypuff descend de son dos et sourit.

Ash serre Squirtle dans ses bras et le soulève dans les airs. « Squirtle? Est-ce que ça va? » Squirtle fait signe que oui.

« Et toi, Jigglypuff? » demande Misty.

Jigglypuff sourit. Puis il sort un micro.

« Jigglypuff, non! » s'écrie Misty.

Trop tard! Le petit Pokémon rose commence à chanter sa berceuse. En quelques secondes, tous les humains et les Pokémon ronflent paisiblement sur la plage.

Jigglypuff les regarde d'un air réprobateur. Personne n'écoute jamais sa chanson jusqu'à la fin!

En colère, Jigglypuff sort un marqueur. Il se promène sur la plage et fait des graffitis sur la carapace des Pokémon tortues, puis sur le visage de Ash et de ses amis.

Ensuite, il s'éloigne.

Quelques heures plus tard, les ronfleurs se réveillent.

« Ah non, pas encore, grogne Misty en regardant les marques noires que chacun porte. Les dessins au marqueur sont difficiles à nettoyer!

— Ça ne fait rien, réplique Ash. Je suis tellement content que tout soit rentré dans l'ordre.

— Tu as raison, approuve Brock. Nous avons eu une journée bien chargée. Nous avons résolu le mystère du Blastoise endormi et nous avons empêché Team Rocket de voler tous ces Pokémon.

— C'est Squirtle, le vrai héros, ajoute Ash. C'est grâce à lui que tous les autres Squirtle et les Wartortle ont sauvé Blastoise. Et Squirtle a aussi sauvé Jigglypuff.

— *Squirtle. Squirtle squirtle*, renchérit Squirtle.

— Qu'est-ce qu'il dit, Pikachu? demande Ash.

— *Pika pika pi »*, répond Pikachu.

Ash sourit. « Squirtle dit qu'il est fier de faire partie de notre équipe! »

Fier de faire partie de notre équipe. Ash, bien étendu sur la berge de la rivière, les yeux fermés, revit l'aventure de l'île aux Pokémon tortues.

Je suis fier de Squirtle, moi aussi, se dit Ash. *Misty a bien raison. Squirtle est un de mes meilleurs Pokémon.*

Plouf!

Un jet d'eau froide tire Ash de sa rêverie.

« Encore! » dit Ash en s'assoyant. Squirtle, bien installé dans la rivière, rit de bon cœur.

Ash lui sourit.

Squirtle ne changera jamais. Ash sait qu'il sera toujours victime des tours de son espiègle

Pokémon, mais il sait également que Squirtle sera toujours prêt à l'aider lorsqu'il en aura besoin.

« C'est mon Squirtle! » dit-il avec fierté.

À propos de l'auteure

Tracey West écrit des livres depuis plus de dix ans. Lorsqu'elle ne joue pas avec la version bleue du jeu Pokémon (elle a commencé avec un Squirtle), elle aime lire des bandes dessinées, regarder des dessins animés et faire de longues balades dans la forêt (à la recherche de Pokémon sauvages). Elle vit dans une petite ville de l'État de New York avec sa famille et ses animaux de compagnie.